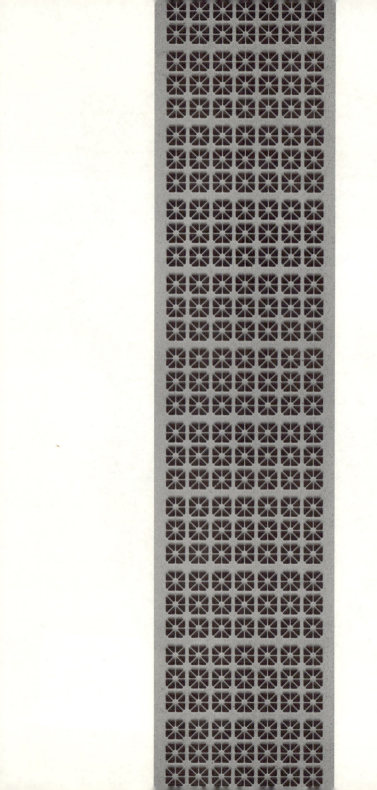

Ademir Barbosa Júnior

Peregrinas de Aparecida
* PELAS ÁGUAS DE OXUM *

Rio de Janeiro
2019

Texto © Ademir Barbosa Júnior, 2018
Direitos de publicação © 2019, Editora Aruanda

Direitos reservados e protegidos pela lei 9.610/1998.

Todos os direitos desta edição reservados à
Aruanda Livros
um selo da EDITORA ARUANDA EIRELI.

Coordenação Editorial Aline Martins
Preparação Iuri Pavan
Revisão Camila Villalba
  Editora Aruanda
Design editorial Sem Serifa
Ilustração de capa André Cézari
Impressão Imo's Gráfica e Editora

Texto de acordo com as normas do Novo Acordo
Ortográfico da Língua Portuguesa
(Decreto Legislativo n⁰ 54, de 1995)

Dados Internacionais de Catalogação na Publicação (CIP)
de acordo com ISBD
Bibliotecário Vagner Rodolfo da Silva CRB-8/9410

B238p   Barbosa Júnior, Ademir
          Peregrinas de Aparecida: pelas águas de
        Oxum / Ademir Barbosa Júnior. — Rio de
        Janeiro, RJ: Aruanda Livros, 2019.
          128 p.; 13,8cm x 20,8cm.

          ISBN 978-65-80645-04-6

          1. Umbanda. 2. Sincretismo religioso.
        3. Ficção religiosa. I. Título.
                                    CDD 299.6
2019-1920   CDD 299.6

[2019]
IMPRESSO NO BRASIL
www.editoraaruanda.com.br
contato@editoraaruanda.com.br

*Para os irmãos da Pastoral Afro da Paróquia
Nossa Senhora Aparecida (Piracicaba, SP).
Para minha mãe, Laís Fabretti Barbosa.
E, claro, para minhas mães: Nossa
Senhora Aparecida e Oxum.*

Ave-maria de Morgana

Ave Maria, cheia de graça, o Senhor é convosco. Bendita sois vós entre as mulheres, e bendito é o fruto do vosso ventre, Jesus.

Santa Maria, mãe de Jesus, rogai por nós, aprendizes, agora e na hora de nosso desencarne.

Assim seja.

"[...] O que mais atrai em Aparecida? O que mais atrai é a força divina que surge dessa imagem pequenina. [...] É a imagem que tem o poder. Não há outra explicação. As pessoas vêm aqui para assistir à missa, mas missa tem em todo lugar. As pessoas vêm aqui para ver o padre, mas tem padre melhor em outros lugares. A questão é essa. É a imagem. A imagem é a fonte de onde brota a força divina. É uma experiência de fé. Não tem muito como explicar. Deus quis assim. As pessoas criam intimidade com a imagem. Se a gente olhar o sacrifício que as pessoas fazem para vir a Aparecida pode pensar que não faz muito sentido, a não ser que olhe pelo lado da pura fé. Sem fé, nada disso aqui teria sentido. É a força do mistério da fé. Mistério enquanto força divina que transforma a realidade. É isso."

Depoimento do padre João Batista de Almeida, reitor do Santuário Nacional de Aparecida, a Ricardo Marques.*

---

* MARQUES, Ricardo. *Nossa Senhora Aparecida*: 300 anos de milagres. Rio de Janeiro: Record, 2017. p. 208-209.

©MariaoSM/Pixabay

Iolanda

Iolanda é dona e motorista da van. Organiza excursões para todo o país, mas se especializou mesmo em ir a Aparecida. Público geralmente tranquilo, cerca de quatro horas de viagem de Piracicaba ao estacionamento da Basílica, uma parada para banheiro, seis pedágios distribuídos pelos arredondados 300 km. Serviço simples.

    A van de 18 lugares foi comprada com muito esforço e com o dinheiro da venda de pastéis e empadas, faxinas, serviços de auxiliar de pedreiro e tantas outras tarefas que Iolanda assumiu, em especial depois da separação, ou melhor, do abandono do marido. Contudo, nem a necessidade, nem o tino comercial de Iolanda impediam um investimento a mais no conforto da van: ela só viajava com 16 passageiras e sozinha no banco da frente. Guardava espaço para quem quisesse botar os pés para cima ou algum isopor, sacolas de compras etc. Os clientes se fidelizavam.

Cada ida a Aparecida, além de oportunidade de oração, era também um ótimo negócio para Iolanda. Fora a excursão em si, trazia de encomenda terços, imagens, velas, guarda-chuvas, roupas, medalhinhas de toda sorte. Pelo serviço cobrava pequena taxa, e as compras eram feitas quase que sempre ao lado dos próprios passageiros, que confiavam no tino e na experiência de Iolanda.

Bonachona, de fácil amizade, Iolanda costuma viajar com um moletom confortável, pois sabe que, mesmo no verão, venta muito na estrada, e aconselha os passageiros a sempre levarem blusa para a lanchonete, nas paradas na ida e na volta. Tem paixão pela filha adotiva, Aparecida, nome dado em homenagem a Nossa Senhora Aparecida. Lutou muito para conseguir oficializar a adoção, pois a criança lhe fora entregue na calada da noite. No último dia de uma festa nordestina na Rua do Porto, perto do Casarão do Turismo, Iolanda deixava a barraca de tapioca em que trabalhava para ajudar uma amiga. Fazia frio e ia para casa a pé, subindo a Avenida Beira Rio e o Clube de Campo até o bairro São Dimas. Não caminhou cinco minutos a passo firme, e uma sombra correu de sob a árvore em frente à Casa do Povoador, entregando-lhe um embrulho e dizendo apenas "Cria pra mim!". Correu no sentido inverso ao de Iolanda até o Largo dos

Pescadores e sumiu pela Moraes Barros. Iolanda, atônita, não articulou palavra, não pensou em gritar e só então percebeu que o embrulho era uma criança envolta em um cobertorzinho rosa, cheirando levemente a alfazema. Não havia ninguém na rua, mas um táxi de repente desceu a Beira Rio. Iolanda fez sinal e, em dez minutos, estava em casa. Já separada, morava sozinha.

A criança era uma menina de cerca de quatro meses, calculou Iolanda, que já havia sido babá. Talvez mamasse no peito, mas aceitou de bom grado o leite levemente amornado. O que fazer? Não conseguia dormir. A bebê apertava o indicador direito de Iolanda. Encostou a cama de casal na parede, fez uma muralha de almofadas e travesseiros e deitou a bebê, que dormiu a sono solto. Iolanda foi buscar água na cozinha, olhou de relance para uma imagem de Nossa Senhora Aparecida. "Vai se chamar Aparecida. Afinal, quase saiu do rio... Vou criar essa menina, como a mãe me pediu...", pensou. (Supunha ser a mãe que lhe havia entregado o bebê.)

No dia seguinte, não saiu de casa pela manhã. Telefonou para uma enfermeira, um advogado, uma assistente social, todos clientes de suas faxinas como diarista. Em um ano, conseguiu a guarda oficial de Aparecida, que acompanhou todas as lutas da mãe e se sentiu no paraíso quando foram à concessionária escolher a van. Com a ajuda de uma das vendedoras, a menina entrava em todos os veículos e brincava de motorista. Quando a mãe viajava, ficava na casa de uma amiga de confiança de Iolanda, onde brincava muito, lia, se enturmava com outras crianças, se sujava, se acabava, mas não dava trabalho algum. Chegara aos oito anos com muita saúde. Tinha especial devoção pela santinha de quem a mãe tomara o nome, rezando sempre uma ave-maria diante de uma imagem — no pátio da escola, no quintal, na cama — quando sabia que alguém estava doente ou triste.

Iolanda, por vezes, pensava em ter um homem ao seu lado. Sentia falta, na vida, na cama, em tudo, mas jamais escolheria alguém que atrapalhasse a relação com a filha, ou não a respeitasse, ou, ainda, a colocasse em perigo. Por ora, apenas pensava que as feridas não haviam cicatrizado. Alguns pretendentes apareceram, mas pareciam mais interessados na van do que nela. De qualquer forma, sentia que um momento novo estava chegando, talvez o tempo de abrir o coração e experimentar uma paquera, um namoro. *Por que não?* Pediria a Nossa Senhora Aparecida que lhe iluminasse a decisão, a escolha, sobretudo o sentimento. Não tinha medo do amor ou do sexo, temia ser novamente abandonada. Por 12 anos, o então marido lhe havia sugado tempo, energia, saúde, vitalidade. *Por que aceitava? Tinha medo dele? Medo de ficar sozinha?* Não sabia. Olhando para o passado, via a verdadeira fuga do marido como um livramento para ela, que pudera iniciar nova vida. "Espero que esteja bem", pensava Iolanda. "Quer dizer, na verdade, às vezes não penso, não; acho bom ele ter tomado um tiro na bunda para aprender. Nossa Senhora Aparecida que me perdoe, mas sou humana, tenho defeitos e muita mágoa. Já perdoei muito, mas não tudo. Devagarinho chego lá."

Na vida, como na estrada, Iolanda seguia com segurança, evitando ultrapassagens perigosas. Com velocidade constante e atenção redobrada, tinha a certeza de chegar. Sabia que excesso de confiança por vezes é fatal, bem como o medo, paralisante, ainda mais em momentos de decisões imediatas, como no dia em que recebeu Aparecida nos braços. Assim pensava às 3h30 da manhã, estacionada na lateral da Praça José Bonifácio, ouvindo o relógio da catedral. "Interessante: uma van só de mulheres. Se sairmos às 4h em ponto, com uma paradinha, às 8h, no máximo às 8h30, estaremos em Aparecida. Mais uma viagem maravilhosa, não é, minha santinha?"

Iolanda sorria para a foto de Aparecida, então com quatro anos, na frente da Basílica de Aparecida.

©139904/Pixabay

Kátia

Kátia era a segunda filha de uma espanhola com um senhor rigoroso de bigode, sósia de Allan Kardec. Morava no final de uma rua estreita com suas irmãs. A mais velha parecia Brooke Shields; a terceira filha tinha cabelos pretos até a cintura; a caçula adulterava exercícios de datilografia.

Fazia faxinas e pequenos serviços em todos os bairros onde solicitavam. Namorava Enéas, mas se desentenderam e o namoro de dois anos se interrompeu. Nesse tempo, Kátia se envolveu com Vag Passarinho, amigo de infância que abandonara os estudos e não se fixava em emprego algum. O envolvimento fora breve, e Kátia e Enéas reataram quando ela se descobriu grávida.

Imediatamente procurou Vag Passarinho e lhe contou, chorando muito. O rapaz respondeu que não poderia fazer nada, pois não tinham futuro juntos e o mais certo seria apressar o casamento com Enéas, que assumiria o filho, pois ele, Vag Passarinho, pensava em tentar a vida nos Estados Unidos.

Kátia entrou em depressão, indecisa, angustiada. Não sabia se contava a Enéas (*Ele assumiria? Ou será que terminaria o relacionamento?*), se expunha Vag Passarinho (*O que vão pensar de mim? Ainda mais nesta rua, neste bairro? Vão dizer que não presto...*) ou se abortava (*O bebê me perdoaria?*). Tensa, com ânsia de vômito, viu no mural do terminal central de ônibus um panfleto com informações sobre as próximas idas a Aparecida capitaneadas por Iolanda. Ligou, viu o valor, escolheu a data e foi.

Roendo as unhas, na estrada, pensava no roteiro: entrar na Basílica, ir até a imagem da santa (*Haveria muita gente?*), olhá-la e pedir auxílio. Maria era mulher, sabia das coisas. Quase não fora repudiada pelo marido por estar grávida de outro? É claro que esse "outro", segundo a Bíblia — e Kátia não sabia bem se acreditava — era Deus em forma de pomba (Espírito Santo), mas a mulher era humana e... sabia das coisas. Se tivesse o bebê, como Kátia esconderia a cara do pai se a criança fosse parecida com Vag Passarinho? *E se odiasse o filho?* Enéas poderia desconfiar de tudo e até matá-la se Kátia cogitasse entregar a criança enrolada em um cobertorzinho para uma desconhecida. O mundo já havia virado o século, mas essa prática ainda era comum na cidade. Sim, Nossa Senhora lhe daria a resposta.

Quem eram aquelas mulheres na van? Todas pareciam olhar para ela com reprovação, até as que dormiam. Ao menos Kátia pensava assim. Não aceitou nada do que lhe ofereceram. Se soubessem de sua história, o que diriam? Uma era freira, dava para ver. E se suas irmãs soubessem da história toda? Certamente seriam as primeiras a condenar. Que diriam se desabafasse com o pai e a mãe? Melhor falar apenas com Nossa Senhora.

Mas o que a santa responderia? Quer dizer: será que responderia algo? E como seria a resposta? No pensamento? Kátia tinha a certeza de que Nossa Senhora Aparecida não a deixaria na mão. Um padre talvez lhe dissesse "Não é problema meu...". Uma freira talvez lhe dissesse "Não é problema meu... Pensasse antes de dar...". A mãe a condenaria com palavras semelhantes, em espanhol, mas não Nossa Senhora Aparecida, ela também mãe, ela também grávida, ela também com as dores do parto, embora Kátia não soubesse explicar — na verdade, nem o pároco sabia — por onde nasceu Jesus se, oficialmente, se dizia que Maria não tivera parto normal, mas também não passara por cesariana alguma.

No fundo da van (preferira o fundo), Kátia alimentava os próprios medos: o medo da decisão, o medo de alguém na van ou na parada lhe fazer perguntas, o medo da resposta de Nossa Senhora Aparecida. Talvez devesse ter trazido uma trouxa de roupas e fugido; simplesmente não voltaria, ficaria em Aparecida e depois fugiria para Pindamonhangaba ou Lavrinhas — em Aparecida, a família faria busca, talvez até a polícia. Talvez essa fosse a reposta de Nossa Senhora Aparecida. Poderia fugir com a roupa do corpo e algum dinheiro, o pouco que trouxera. Arrumaria emprego, pediria guarida — não em cabaré, mas também não em convento, pois não desejava ser escrava: já trabalhara para freiras de um convento em Vila Rezende, um horror —, teria a filha, a patroa seria a madrinha, e o batizado talvez até fosse em Aparecida; passado um ano, ninguém mais se lembraria dela, a não ser a mãe no dia de cada filha lhe dar o dinheiro do pagamento.

Tinha fome, mas não queria mexer na sacola, pois alguma das mulheres olharia e ela não queria oferecer nada, não por miséria, mas para não puxar assunto. Talvez alguma moça pudesse lhe dar ideia, apoio, até apontar guarida. Não, a conversa dela era com Nossa Senhora Aparecida. *Mas e se Nossa Senhora falasse pela boca das mulheres?* Não pela boca carrancuda daquela freira, certamente; Nossa Senhora é sempre gentil com os filhos, mesmo quando estão errados ou quebram as louças do mundo. Não, o melhor seria falar diretamente com a santa na Basílica, organizando os argumentos, as perguntas, logo no início da fila para passar pela imagem.

Chegara até ali, chegaria a Aparecida. Nossa Senhora, barrigudinha, olhar sereno, negra, olharia por ela, Kátia, tão mirrada, ainda quase sem barriga de grávida, branquinha, de sangue catalão. Kátia segurava o choro na van. Talvez nem precisasse dizer nada, bastava olhar. Como diz a música, Nossa Senhora a colocaria no colo. Talvez nem precisasse olhar. Talvez nem precisasse ir a Aparecida. Nossa Senhora certamente a ouvia, talvez sentada ali mesmo na cadeira vaga, onde está uma bolsa de viagem, acomodada meio sem jeito por conta da barriguinha saliente. Se Kátia enxugasse os olhos úmidos, talvez visse Nossa Senhora Aparecida sorrindo, no banco da frente, ao lado da freira carrancuda.

Celeste

Celeste era mãe-pequena no Centro de Umbanda Caboclo Sete-Flechas e Pai João, à Rua Almirante Barroso, no bairro São Judas. Quando a dirigente, Mãe Nair, resolveu fechar a casa, pois o marido havia iniciado outro relacionamento, procurou Celeste e lhe disse: "Fia, a última coisa que farei será seu recolhimento. Vou deixar você mãe-maior. Toque sua casa, ajude os outros. Eu estou magoada e paro por aqui."

Levantada, Mãe Celeste de Oxum abriu um terreiro no quintal de sua casa, mas não tinha filhos no axé. Até abriu a casa para outros médiuns, mas foram tantas patifarias, mistificações, indisciplinas, entidades sem doutrina que resolveu trabalhar ela, os orixás, os guias e os guardiões, acompanhada do marido e da mãe como cambones. Atendia a todos gratuitamente, conforme aprendera, e tinha seu emprego, sua família, seus compromissos. Vivia *para a* e não *da* religião.

Como boa filha de Oxum, tinha um carinho especial por Nossa Senhora Aparecida, com quem principalmente Oxum é sincretizada. Sabia que orixá é orixá, Nossa Senhora é Nossa Senhora. Mas também sabia que mãe é sempre mãe.

Oxum é orixá do feminino, da feminilidade, da fertilidade, ligada ao rio de mesmo nome, em especial em Osogbo, Ijexá (Nigéria). Senhora das águas doces, dos rios, das águas quase paradas das lagoas não pantanosas, das cachoeiras e, em algumas qualidades e situações, também da beira-mar. Perfumes, joias, colares, pulseiras, espelhos alimentam sua graça e beleza.

Filha predileta de Oxalá e de Iemanjá, foi esposa de Oxóssi, de Ogum e, posteriormente, a segunda esposa de Xangô. Senhora do ouro — na África, do cobre —, das riquezas, do amor. Orixá da fertilidade, da maternidade, do ventre feminino, a ela se associam as crianças. Nas lendas em torno de Oxum, a menstruação, a maternidade, a fertilidade, enfim, tudo o que se relaciona ao universo feminino é valorizado. Entre os iorubás, tem o título de ialodê,[*] comandando as mulheres, arbitrando litígios e responsabilizando-se pela ordem na feira.

---

[*] Segundo o *Dicionário Yorubá-Português*, de José Beniste (Bertrand Brasil, 2019), "ìyálóde" significa "Mãe da Sociedade, um título civil feminino de alto grau, existente em todos os distritos municipais da cidade de Ègbá". [Nota da Editora, daqui em diante NE]

Segundo a tradição afro-brasileira mais antiga, no jogo dos búzios, é ela quem formula as perguntas respondidas por Exu. Os filhos de Oxum costumam ter boa comunicação, inclusive no que tange a presságios. Oxum, orixá do amor, favorece a riqueza espiritual e material, além de estimular sentimentos como amor, fraternidade e união.

A aproximação de Oxum com Nossa Senhora Aparecida se dá por diversos fatores, sobretudo porque aquela, que é hoje a padroeira do Brasil, foi encontrada (com uma imagem escurecida que foi associada à pele negra) no Rio Paraíba em 1717. Além disso, Nossa Senhora Aparecida, rainha, tem um manto salpicado de dourado, bem como uma coroa de ouro, que lhe foram acrescidos ao longo do tempo.

Com 14 anos de terreiro aberto, perdera a mãe, com quem ia a Aparecida todos os anos, desde menina. Às vezes o marido também ia, mas dependia da escala de trabalho (Celeste era merendeira; Jairo, o marido, da Companhia de Tráfego). Mantinha a tradição, o carinho e, agora, a saudade da mãe.

Filha de Oxum Opará, aquela que, além do espelho, leva a espada, Celeste pretendia cochilar a maior parte da viagem, ouvindo pontos-cantados e MPB dos orixás no celular. Uma de suas canções populares mais amadas, sem dúvida, era a de Gerônimo e Vevé Calasans, "É d'Oxum":

Nesta cidade todo mundo é d'Oxum
Homem, menino, menina, mulher

Toda essa gente irradia a magia
Presente na água doce
Presente na água salgada e toda cidade brilha
Presente na água doce
Presente na água salgada e toda cidade brilha
Seja tenente ou filho de pescador
Ou importante desembargador
Se der presente é tudo uma coisa só
A força que mora n'água
Não faz distinção de cor
E toda cidade é d'Oxum
A força que mora n'água
Não faz distinção de cor
E toda cidade é d'Oxum
É d'Oxum, é d'Oxum ô, é d'Oxum

Eu vou navegar
Eu vou navegar nas ondas do mar eu vou
Navegar, eu vou navegar
Eu vou navegar nas ondas do mar eu vou
Navegar, eu vou navegar
Eu vou navegar nas ondas do mar eu vou
Navegar, eu vou navegar, é d'Oxum

"É d'Oxum" tornou-se verdadeiro hino da cidade de Salvador, não
havendo festa pública, apresentação musical ou outros eventos

em que não seja tocada, cantada, coreografada e acompanhada por todos. Celeste adorava.

Engatinhando no diálogo inter-religioso ("Sempre é tempo de aprender", pensava), participou de uma conversa com a Pastoral Afro da Paróquia Nossa Senhora Aparecida sobre a mitologia dos orixás. Com palavras simples, explicou que não se levam, ao menos em boa parte da Umbanda, as mitologias ao pé da letra. Os relatos dos orixás, por vezes, são violentos, mas também são formas de explicar suas energias e incompatibilidades. O mesmo vale para o Cristianismo: infelizmente, muitos seguem o texto bíblico ao pé da letra, agridem o irmão e não estranham o fato de uma filha embebedar o pai, Noé, para poder ter descendência. Celeste descobria-se boa oradora, embora fosse do tipo calada, discreta. E defendia: se algo não fosse ligado ao bem e se ferisse o livre-arbítrio, não podia ser religião, não podia libertar.

Essa viagem era especial, não apenas por celebrar seus 14 anos de mãe (2 como mãe-pequena e 12 como mãe-maior) e agradecer porque seu terreiro, seu templo, na simplicidade, cumpria sua missão. Rezaria em especial por Mãe Nair. Fazia mais ou menos um mês que a encontrara próximo do INSS, bem velhinha, amparada por uma bengala. Pediu-lhe a bênção, e Mãe Nair quase não a reconheceu. Ficou feliz de saber que Celeste estava com casa aberta e pediu o endereço, ia tomar um passe. Disse que se arrependia muito de ter fechado o terreiro ("Parece que ele me levou tudo, a vida, o terreiro, a alegria, quando ficou com a outra...") e que uma de suas alegrias era um sobrinho que tocava

Umbanda no Sul do país e herdara o Caboclo Sete-Flechas que havia trabalhado tantos anos com ela.

— Aprendi a duras penas, Celeste, que os homens só têm sobre nós o poder que damos a eles. Feliz é você que tem o Jairo a seu lado...

Celeste pensava nisso, quase cochilando com o balanço da van, ouvindo um ponto-cantado:

> Eu vi Mamãe Oxum chorando
> Foi uma lágrima que eu fui aparar
> Ora iê iê ô, ó minha mãe Oxum
> Ajuda a nossa Umbanda a melhorar*

Além de rezar por Mãe Nair, em Aparecida, também lhe compraria uma linda imagem para presentear quando ela visitasse seu terreiro. Seria bom tê-la por perto, oferecer um afago, um consolo, uma imagem de Nossa Senhora Aparecida cruzada por sua mãe Oxum Opará no terreiro.

---

* Autor desconhecido. [NE]

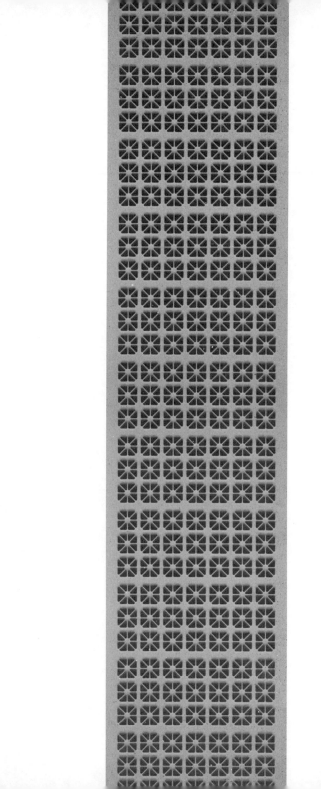

Adélia

Adélia, ou irmã Adélia, 60 anos, membro da Congregação da Caridade, radicada no bairro Pauliceia, tinha em Nossa Senhora Aparecida mãe e emblema para o trabalho pastoral. Coordenava diversos movimentos populares na diocese, bem como ações caritativas e cidadãs, como a de valorização e resgate do morador de rua. Figura famosa na cidade, foi prontamente reconhecida quando chegou à Praça José Bonifácio, sendo, porém, visivelmente ignorada por irmã Teresa. "Dar a outra face, como ensina o mestre Jesus", pensou.

Com mestrado em História e doutorado em Teologia, Adélia fazia parte do movimento Católicas pelo Direito de Decidir. Não era "abortista", conforme muitos a acusavam, apenas achava que a discussão sobre o tema deveria ser mais ampla e que, se o aborto, em linhas gerais, era condenável, não deveria ocorrer o mesmo com a mulher que o praticava. Terapeuta holística, atendia nas comunidades carentes com reiki, florais, pêndulo e, em alguns casos, com tarô de Marselha e baralho cigano. "Se alguém não gostar, vá se queixar ao bispo que leio também para ele", ponderava, irônica, mas sincera.

Nos anos 1980, seus livros sobre igreja popular, comunidades eclesiais de base, ordenação de mulheres e outros temas lhe renderam elogios fecundos de Ivone Gerbara, outra freira e teóloga, líder brasileira das Católicas pelo Direito de Decidir. Um jornalista disse que Adélia era um Leonardo Boff de saias. "Ou Leonardo é uma Adélia de calças", como respondeu Ivone Gerbara, "embora muitas mulheres usem calças, inclusive freiras, e os padres usem saias, ao menos na celebração da missa", completou.

Na madrugada, Adélia usava uma calça jeans, uma camiseta branca sem estampa e um casaco jeans. Ao pescoço, um tau de madeira, a cruz-emblema dos franciscanos e dos movimentos populares. Suave batom rosa marcava-lhe os lábios e o sorriso. "Apenas por isso irmã Teresa já me teria posto no inferno. Perda de tempo: o inferno é interno, está dentro de cada um."

Aparecida: mãe e emblema. Em especial da comunidade da Pauliceia, bairro mais negro de Piracicaba, cidade que se orgulha dos portugueses do século XVII, dos imigrantes italianos do século XIX, dos tiroleses italianos do século XX, dos coreanos do século XXI, mas que fecha os olhos para os indígenas, os negros e os nordestinos de hoje e de sempre.

Piracicaba: cidade cortada por um rio caudaloso, também ele de Nossa Senhora Aparecida, de Oxum, com cheias e estiagem, peixe e lixo, e lágrimas do povo que chora. O rio corta a cidade, mas a cidade não precisa ser dividida. Esse, o maior sonho de Adélia, o maior pedido a Nossa Senhora Aparecida, que vibrava intimamente com a diversidade de mulheres na van. "Todas representam a si, às demais, à cidade", meditava irmã Adélia.

E foi Adélia, a freira residente na Pauliceia, negra, devota de Nossa Senhora Aparecida e brasileira em todos os sentidos, que notou: "Dezesseis! O número dos caminhos principais do jogo de Ifá, sagrado, da religiosidade afro-brasileira, em especial do jogo de búzios, tão afeito a Oxum. As pessoas buscam saber seu odu,* seu caminho, e seguir com sabedoria. Eu sei o meu. Faz parte dele estar aqui, hoje, com as outras 15. Sororidade..."

---

* Segundo o *Dicionário Yorubá-Português*, de José Beniste (Bertrand Brasil, 2019), "odù" é o "conjunto de signos do sistema de Ifá que revela histórias em forma de poemas, que servem de instruções diante de uma consulta". [NE]

Teresa

Teresa chegou, na madrugada escura, e deu um frio bom dia para as mulheres, com um meneio de cabeça para Adélia, que lhe respondeu com um sorriso e o tradicional "Paz e bem!" franciscano. Irmã Teresa: célebre pela rigidez com que tratava alunas do colégio e doentes do tempo em que trabalhou na Santa Casa de Misericórdia. De seus 60 anos, 42 como freira, raros foram os sorrisos, muitas vezes protocolares. Cenho fechado, sobrancelhas bastas, bigodinho ralo. Hábito impecavelmente branco, obesa, acumulando responsabilidades e rancores, freira de pisada dura em corredores.

Entrou na van e sentou-se logo à janela. Não havia planejado a viagem, a superiora a enviara para levar pessoalmente uma carta ao cardeal-arcebispo de Aparecida e outra ao reitor do santuário. Mandasse pelo correio ou escrevesse um e-mail, mas tinha de obedecer, ainda que a contragosto. Não gostava de Aparecida. Evidentemente nunca externara a opinião a alguém, mas achava a cidade, o santuário, tudo, uma farofada só. *Por que a superiora não a enviara a Lourdes ou a Fátima?* Povo disciplinado e respeitador nesses santuários. Até os brasileiros que iam se comportavam. "Espero que essa mulherada não faça barulho na van. Já coloquei a bolsa na cadeira vaga, à minha direita, porque à esquerda minha companheira é a janela.", pensou.

Irmã Teresa retirou da bolsa um exemplar da *Oração das horas* e fingiu começar a ler ou rezar. *Devia ter trazido uma edição em latim para mostrar que sou diferente.* Mas levou mesmo uma edição em português de 2004 ainda utilizada na Casa das Irmãs. Como era sábado, rezaria o Ofício Comum de Nossa Senhora, as Laudes. Após a introdução tradicional, recitou o hino:

Senhora gloriosa,
bem mais que o sol brilhais.
O Deus que vos criou
ao seio amamentais.

O que Eva destruiu,
no Filho recriais;
do céu abris a porta
e os tristes abrigais.

Da luz brilhante porta,
sois pórtico do Rei.
Da Virgem veio a vida.
Remidos, bendizei!

Ao Pai e ao Espírito,
poder, louvor, vitória,
e ao Filho, que gerastes
e vos vestiu de glória.

Arrumou a fitinha amarela para marcar a página, mas manteve o livro aberto, fechando, porém, os olhos, e meditou: "Estas mulheres são como Eva, eu represento Maria. Elas levaram o mundo à perdição, eu trago a Palavra. São mulheres como eu que irão recriar o mundo, dar-lhe novo significado. Não conheço as outras, mas... uma mulher dirigindo? E aquela criatura enorme e toda maquiada? E o bando de macumbeiras com quem divido espaço? E Adélia? Uma perdida sob o manto sagrado de Cristo no seio da Igreja? Bom era o tempo do joelho no milho, da palmatória, do silêncio quase eterno. Valho muito para a congregação, não preciso ser superiora para exercer influência, deixar meu legado. Essas mulheres têm muito a aprender comigo: consagrada, pura, toda a serviço de uma pedagogia disciplinadora do espírito e da vontade. Eu sou da legião de Maria; elas, da legião de Eva."

Fazia alguns anos, irmã Teresa havia tentado implementar as Lavadeiras da Madalena em Piracicaba. Os asilos das Madalenas eram instituições para onde mulheres eram enviadas por comportamento considerado inadequado: jovens que paquerassem, prostitutas, gestações fora do casamento (solteiras ou extraconjugais), vítimas de estupro. Nos asilos, as mulheres eram escravizadas e oprimidas, humilhadas e obrigadas a lavar roupas para lavar os "pecados". Populares na Europa e na América do Norte, do século XVIII ao final do século XX, os asilos subsistem na dor e na memória de quem sofreu esse tipo de tortura silenciosa aos olhos do mundo e no coração de irmã Teresa. Enquanto o Comitê contra Torturas da ONU cobra esclarecimentos da Igreja Católica e livros e filmes denunciam essa prática, irmã Teresa ainda vê nos asilos uma forma de purificar o mundo.

Ainda meditando: "Obrigada, Senhor! Que perfeita a antífona do cântico evangélico: *A porta do céu foi fechada por Eva; por Maria ela abriu-se aos homens de novo.* Lindo! Eva se redimiu pela dor do parto e pelo trabalho; Maria Madalena, pelo arrependimento e pelo serviço ao Senhor (*absurdo dizerem que Jesus foi casado com Madalena e que ela não era prostituta*). Ah, essas freirinhas novas têm muito o que aprender comigo."

A superiora de irmã Teresa, com a viagem a Aparecida, sob o pretexto da entrega de correspondências ao cardeal e ao reitor, pedia à santa um milagre — considerado extremamente difícil por ela mesma, a superiora —, abrir, mais que a cabeça, o coração de irmã Teresa. Tomara ao menos uma lágrima verta dos olhos de Teresa ao ver a imagem da santa no nicho (a superiora pedira que ela rezasse uma ave-maria ali, aos pés da Aparecida, por todas as irmãs) e uma gota do mel do amor de Nossa Senhora Aparecida caia no coração daquela mulher e filha que teima em ser tão amarga.

Raquel

Raquel ia a Aparecida para pedir e agradecer. Viajaria sem a mãe, o que, por si só, seria um desafio. A mãe queria ir, mas tinha plantão na Santa Casa. Raquel ia pedir forças e agradecer por não ter se suicidado no último ano.

Alegre, brincalhona, técnica em Enfermagem como a mãe, por ser obesa, era motivo do riso de muitos. Lutava para ser respeitada. Não aceitava, por exemplo, ser a mulher grávida que cobra uma postura do noivo no casamento da festa junina. Queria ser a noiva. Riam dela e diziam que não sabia brincar. Esses eram seus "amigos" de trabalho.

Por meio de uma amiga, conheceu Laércio, ex-jogador de futebol do xv de Piracicaba que teve problema na perna esquerda e fez diversas cirurgias. Tudo começara bem. Laércio pagava os cigarros de Raquel. Até que veio o primeiro tapa depois do primeiro gole. Raquel se assustou, mas compreendeu: as cirurgias, a perna esquerda, a cachaça. As surras se sucederam. As ofensas também — "Gorda", "Se não fosse eu, você não teria ninguém", "Quem vai querer você?".

Um dia, Raquel não mais compreendeu; pegou uma faca na mão direita e apontou para Laércio, que, a despeito da perna esquerda, conseguiu correr da casa de Raquel e nunca mais deu as caras na Vila Rezende. A moça ria da cena da corrida de Laércio, mas, ao mesmo tempo, tinha medo da própria reação, da força. Podia ter matado um homem e não se perdoaria por isso.

Conseguiu afastamento do trabalho e passou por tratamento psicoterapêutico e sessões de reiki e acupuntura. Renascia. Devota de Nossa Senhora Aparecida (ganhara a imagem de uma colega de serviço que fazia e vendia *cupcakes*), acendia uma velinha para ela todos os dias, azul-escura, e pedia que lhe ajudasse a ser uma mulher de verdade, com sucesso na profissão e no amor, mas sobretudo com amor-próprio suficiente para ter a porta e o coração fechados para tipos como Laércio.

Sonhava em encontrar o amor, mas não tinha pressa. Fazer-se respeitar pelos homens era quase um milagre. E de milagres Nossa Senhora Aparecida entendia.

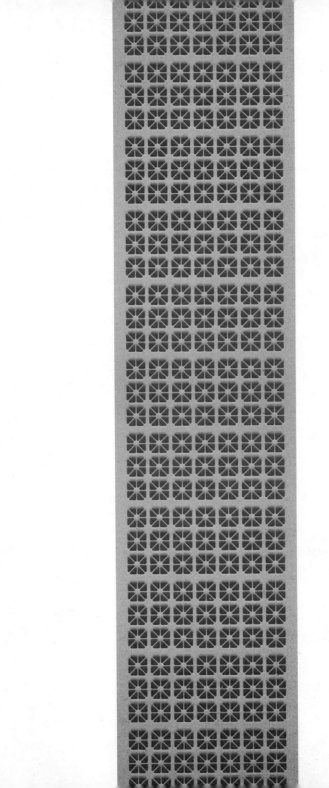

Ananda

Ananda era coreógrafa e teimosa. Com 47 anos, era o tipo que, se tivesse de comprar um remédio controlado e quisesse trocar uma nota de valor alto, mas o farmacêutico não tivesse troco, simplesmente não levava o remédio, mesmo com dinheiro trocado no bolso.

Seu nome original era Sara, mas, por não ter se identificado com ele e ter recebido um novo nome iniciático em uma comunidade xamânica onde morara, adotou o novo. Ananda: "felicidade suprema" em sânscrito.

Sensível, a vida a havia endurecido por demais. Abuso sexual na infância por parte de um vizinho, namorado estelionatário e perda de confiança na coordenadora da comunidade xamânica fizeram de Ananda uma constante desconfiada, que descontava no atual namorado muito da angústia e da dor que sentia contra o mundo. Com pose de independente, quando tinha alguma dificuldade extrema, contava que todos tinham a obrigação de ajudá-la. Se não podiam (em especial, o namorado), respondia chorando: "Mas eu preciso..." Posava de madura, porém, como criança, sempre pedia colo.

Não ia a Aparecida em busca de colo, todavia. Preparava uma coreografia sobre a Grande Mãe, e uma de suas faces era Nossa Senhora Aparecida. Ananda, então, passaria o dia no santuário, percorreria a cidade, visitaria a Basílica Velha, entrevistaria romeiros. A pesquisa toda redundaria em parte da coreografia. Talvez colhesse depoimentos entre as mulheres da van. Seria um bom começo. Todas, menos a freira de hábito branco, pareciam receptivas, embora algumas fossem mais caladas. Sororidade. Aliás, se algo, pouco a pouco, adoçava o espírito de Ananda, era a sororidade. A felicidade suprema passaria pela redescoberta do feminino, a partir do mosaico da história e do perfil de cada mulher com quem Ananda convivesse. Era disso, principalmente, que precisava.

A princípio, a parte da coreografia dedicada a Nossa Senhora Aparecida se chamaria "Mergulho profundo: placenta da fé".

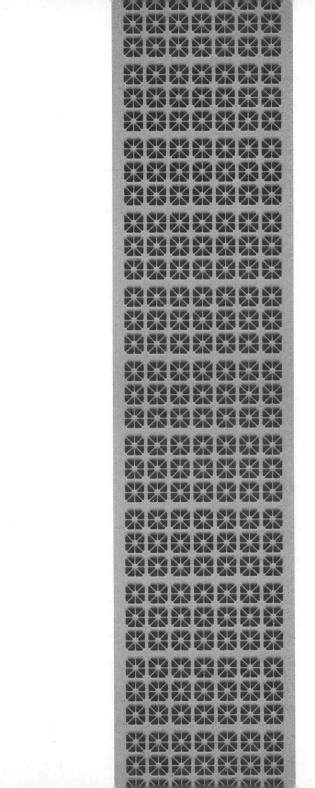

Aléxia

Aléxia, funcionária de um instituto de pesquisa, tinha 32 anos e dois filhos, além de uma vida sexual intensa, a qual, em vez de lhe proporcionar prazer, era uma busca constante de reencontrar-se após o estupro coletivo ocorrido no ensino médio, do qual resultaram gravidez e aborto clandestino. Não denunciara, dissera a si mesma que não precisaria de apoio psicológico. Às vezes conseguia algum relacionamento realmente com prazer na cama, afeto, companheirismo, mas que pouco durava.

Devota de Nossa Senhora Aparecida, pedia a ela cura não apenas para si, mas para as feridas de toda a família. Aléxia, negra, era filha adotiva de um escocês e de uma moça de traços indígenas. No dia em que uma empregada da casa estava furiosa, soube por ela que a mãe havia sido garota de programa. Sabia que fora adotada pela avó por insistência de um tio que a vira, ainda criança, aos prantos na rodoviária, levando-a para casa, sentindo-a já sua irmã. Quanto à família do pai, este fora criado pelo padrasto e nunca mais soube do pai biológico, desaparecido em Paris antes do término da Segunda Guerra Mundial. Os pais estavam velhinhos, os filhos de Aléxia eram sua alegria. A moça temia por eles, não queria que passassem por violências e privações. Contava com a proteção e a orientação de Nossa Senhora Aparecida.

Aléxia era muito criticada por criar sozinha os dois filhos e por ter uma vida sexual aberta, sem parceiro fixo. O velho moralismo etiquetando secularmente as pessoas, definindo o que é "certo" e "errado" não pela ética, universal, mas pelas convenções. Não se importava, havia questões mais importantes a viver, a curar, a repensar. A opinião alheia não fazia ninguém feliz.

Em Aparecida, rezaria pela saúde do coração — não apenas pelo afeto, mas pelo coração físico mesmo. Havia duas semanas, foi diagnosticada uma grave cardiopatia em Aléxia. Não pediria um milagre a Nossa Senhora Aparecida. Pediria vida: durasse mais quarenta ou apenas dois anos, queria viver cada vez mais plenamente. Pedido assim, mãe nenhuma negaria a filho ou filha.

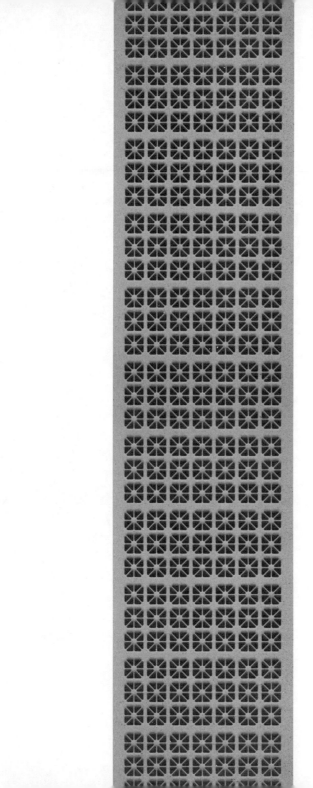

Vivi

Vivi ia a Aparecida, mas não sabia muito bem o porquê. Ia e pronto. Ligara para Iolanda, reservara um lugar. E pronto. A filha, Camille, estava em um navio trabalhando, era membro da tripulação. A mãe, Virgínia, saudável, em mil atividades e aulas para a terceira idade. Por que não ir a Aparecida?

Vivi se decepcionara com Luís, que nunca vira a filha, alegando não ser o pai. Depois ele tentou se aproximar, mas Vivi nunca o perdoou. Cansada dos homens, tentou relacionar-se com mulheres. Teve bons relacionamentos, outros nem tanto. Namorou outros rapazes. Com a alma ferida, não dava sequência a relação alguma.

Não havia terminado Letras, mas iniciara Psicologia. Daria certo no curso, gostava de Lacan. Não trabalhava mais no banco, prestara concurso para os Correios, tinha vontade de abrir todas as cartas. Difícil conviver com aquele funcionário da agência central que tem um irmão gêmeo que toca cavaquinho em festa junina e acha que todo livro de capa dura envelopado é um cd. Mas Vivi tem se saído bem.

E, neste sábado, tinha saído para Aparecida com uma lista enorme de pedidos de lembrancinhas feita pela mãe. A lista de orações a mãe nem entregara: Vivi não rezaria por ninguém e só passaria pelo nicho da santa por curiosidade — caso não se perdesse nas lojinhas de miudezas ou cochilasse à mesa de um restaurante após um prato de tutu de feijão.

Vivi chegara aos 50 anos com o mesmo sorriso matreiro e a pele lisa da primeira infância. Era esse sorriso que exibiria para Nossa Senhora Aparecida, era essa pele que ganharia o afago da Mãe quando Vivi cochilasse à mesa do restaurante. Nossa Senhora Aparecida sabia das lutas de Vivi, em especial para criar Camille. Vivi podia não intuir, mas eram parceiras, como, aliás, todas as mães comprometidas sabem ser.

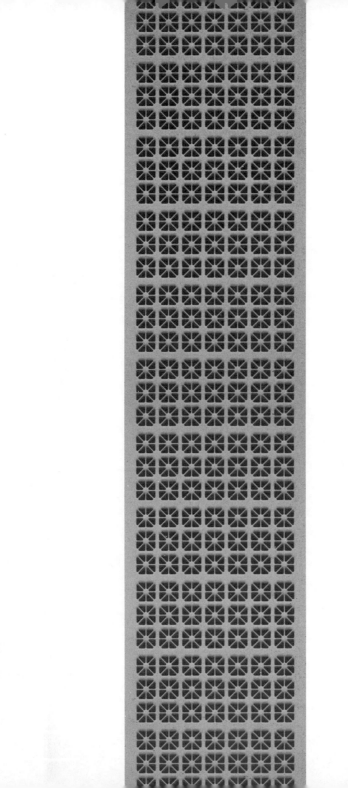

Morgana

Morgana é reikiana e católica. Reikiana nível II e católica literalmente de coração. Não se apega à leitura literal, preferindo a leitura simbólica do texto bíblico, contextualizada de acordo com cada época em que foi produzido. O mesmo vale para dogmas como a transubstanciação, a divinização de Jesus, a virgindade de Maria. Aliás, é muito devota de Nossa Senhora, em especial de Aparecida, a quem vê como uma das facetas do feminino, da Grande Mãe, da feminilidade em uma religião que se engessou historicamente como machista e patriarcal.

Aluna de um colégio de freiras, Morgana cresceu cercada pela culpa. Culpa pelo corpo, pelos cabelos ruivos e encaracolados, pelo desejo. O mundo se dividia em dois blocos, uma verdadeira Guerra Fria (ou Quente): tudo era permitido, e tudo era proibido. Morgana se perguntava onde estava o equilíbrio. Ao cursar Letras e Filosofia, buscou apoio emocional na psicologia junguiana. Foram alguns bons anos de análise, quando também se iniciou no reiki e passou a pensar (em ambos os sentidos) as feridas, as mágoas, os medos e as angústias. Do ponto de vista da religião, decidiu continuar católica e lutar pela oxigenação e pelo resgate do feminino no Catolicismo/Cristianismo. Uma de suas primeiras ações no grupo de estudos católicos que fundou (na verdade, inter-religioso, pois contava com participantes de diversos segmentos religiosos, bem como com agnósticos e ateus), foi reformular a ave-maria.

Em uma manhã chuvosa de maio, o mês de Maria, ao rezar em seu altarzinho com uma cruz de madeira ladeada por uma imagem de Nossa Senhora Aparecida e outra de Nossa Senhora das Graças — com as mãos espalmadas e enviando reiki, como brincava Morgana —, aos pés das quais estava uma meia-lua, um baralho cigano, um globo de cristal e uma imagem de Santa Sara, a jovem decidiu fazer três substituições:

1. "Jesus" no lugar de "Deus", por considerar Jesus um grande líder, um grande médium, um grande profeta, mas não a encarnação da suprema inteligência, vinda a terra para sofrer e "pagar com o sangue" os "pecados" alheios;

2. "aprendizes" no lugar de "pecadores", pois é o que todos somos, rumo à evolução. Ademais, nem tudo o que a Igreja (ou o Cristianismo, "oficialmente", em diversos segmentos) considera "erro" realmente o é;

3. "desencarne" no lugar de "morte", como já fazem os irmãos espíritas e de outras vertentes, de modo a enfatizar a ideia de passagem, e não de fim;

4. "assim seja" no lugar de "amém", como também fazem diversos irmãos, sem prejuízo do sentido.

Dessa forma, a ave-maria de Morgana ficou assim:

Ave Maria, cheia de graça, o Senhor é convosco. Bendita sois vós entre as mulheres, e bendito é o fruto do vosso ventre, Jesus.

Santa Maria, mãe de Jesus, rogai por nós, aprendizes, agora e na hora de nosso desencarne.

Assim seja.

Olhando pela janela, embalada pelo movimento constante da van, antecipava a alegria de pisar novamente na Basílica de Aparecida e do artigo que escreveria sobre o arquétipo da Virgem Grávida. Sua namorada, Bianca, não pudera acompanhá-la, mas ajudou a escolher a saia indiana, o colar de pedras azul-escuro e a levou de moto até a Praça José Bonifácio para pegar a van. Bianca também fazia parte do grupo de estudos e havia preparado um estudo sobre Lilith. Aliás, conhecera Morgana em uma palestra sobre Lilith, na qual a ruiva de cabelos encaracolados explicava, divertida:

— A história de Adão não querer a esposa por cima é tão patriarcal. Sabe de nada, inocente Adão. É bom demais revezar, ter a mulher por cima também. Adão renegou a mulher por isso? Muito triste, mas abre uma brecha para outro assunto: se Adão se casou com Eva, por que tanto preconceito com os casais de novas uniões? Ora, Lilith e Adão são os arquétipos dos divorciados, embora eu creia que tudo tenha sido litigioso, e não amigável.

Após o artigo sobre o arquétipo da Virgem Grávida, Morgana, a convite de uma editora católica, escreveria um livro sobre a ave-maria: estudo, contexto histórico, exegese, versões, traduções e um capítulo especial sobre a "ave-maria de Morgana", como vinha sendo chamada nos círculos populares e feministas do Catolicismo. Morgana, a princípio, se sentira mal com a junção de seu nome à ave-maria; não era seu objetivo, e temia, inclusive, que a acusassem de autopromoção. Com o tempo, porém, aceitou, em especial sob o argumento de que é preciso assinar o que se escreve, o que se cria. Além do mais, é altamente simbólico ter o nome de uma bruxa associado ao de Nossa Senhora. "As mulheres se entendem. Nossa solidariedade é sororidade. Somos irmãs. As bruxas foram queimadas por serem sábias. A elas foi atribuído todo o mal. E todo o mal representava o medo do masculino pelo feminino.

O inquisidor, que também usava saia, ou seja, batina, tinha medo da saia da bruxa. Maria, na narrativa bíblica — e, claro, como todos sabem, não faço a leitura ao pé da letra —, quase foi repudiada por José, quando este soube de sua gravidez. Escapou de uma lapidação por pouco. Maria também é bruxa. Maria é mulher sábia."

Morgana levaria um terço de Aparecida para Bianca. Presente de namorada. Presente de quem ama.

© Fabiana Dias Canzian [CC BY-SA 4.0]/Wikimedia Commons

Romaria de Monte... MG, há 32 anos
realizada por Elvira de Assunção
Dias, vinda Aparecidas de Norte mais
vez e agradeção as graças
alcan...as!

OB
SENHOR
por sua
na graç
CONTAGE

...VISSIMA, NOSSA SENHORA APARECIDA
FOMOS ATENDIDOS E MUITO AGRADECIDOS
COM SUA BÊNÇÃO OBRIGADO!!!

a g

grade
ssa se
...PARECIDA
POR GRAÇA
ALCANÇADA F.N

Amé

São Judas e Sagrad

Tudo por Jesus
nada sem Maria!

ECIDA
ssão
çada!!
G

ora Ap,
ela graça
a, a cura da
neta!
Eduarda.

Vovó
Rosa!

Neivaldo de Souza

VOLTA REDO

a"
aça"

E.B.

ATOS REIS

DOM BOSCO

GRAÇA

ço À
nho
de CÚ
SANG
de OLIVEIRA
gado
À DEUS

A S

A REC

Norma

"Quando o santo é quebrado, parece que o povo perde a fé...", sempre dizia a restauradora baiana Norma. Com um currículo invejável, que inclui a idealização e a criação do Memorial Mãe Menininha do Gantois, em Salvador, e o livre acesso a reservas técnicas em todos os museus da Bahia, Norma passava dois meses na casa de um amigo em Piracicaba e resolveu ir a Aparecida. "Esta excursão veio a calhar..."

Norma sabia que, chegando ao santuário, não poderia abrir o nicho e sair com a imagem original de Nossa Senhora Aparecida na mão. A chave ficava com o reitor do santuário, o qual retirava a imagem apenas em visitas papais e para a manutenção anual, salvo algumas exceções. Aliás, nem havia marcado horário com qualquer representante do santuário. "Vou como civil...", dizia a seu amigo.

A restauradora ia rezar em frente à imagem da santa, como, aliás, fazia nas igrejas da Bahia, sobretudo na Conceição da Praia. Também ia voltar o pensamento para Oxum e para a tia centenária desencarnada. Mas não podia deixar de pensar na resistência da imagem, em aspectos técnicos. Em primeiro lugar, pelo fato de ter permanecido tanto tempo sob as águas. Também pela ação do tempo. Pelos sucessivos descolamentos da cabeça, manuseios, transportes etc. Sobretudo, porém, pelo episódio de 1978.

Em 16 de maio daquele ano, um rapaz de 19 anos, durante a missa das 20h no santuário, bateu com força no vidro do nicho e roubou a imagem. Faltou luz, o que o auxiliou no roubo. Na fuga, a cabeça caiu e se estilhaçou. Depois o corpo. Como a luz havia voltado, grande foi o esforço para o jovem não ser estilhaçado por um ou outro fiel indignado. Um segurança conteve o rapaz. No tumulto, o padre celebrante gritava não ser aquela a imagem original. Tumulto em todos os sentidos, hipótese de que o jovem estivesse influenciado por um pastor protestante. O rapaz ficou dois dias preso e foi encaminhado para tratamento mental.

Aí entrou a maestria da restauradora Maria Helena Chartuni, do Museu de Arte de São Paulo, que não apenas restaurou, como reconstruiu a imagem, e quem até hoje é responsável por sua manutenção anual. "Foi o trabalho da vida de Heleninha", costuma dizer Norma. "Poucos teriam a sagacidade dessa menina", completa. Evidentemente, hoje o vidro do nicho em que se encontra a santa é blindado.

A imagem de Nossa Senhora Aparecida é pura resistência. A imagem física, praticamente incólume a intempéries, acidentes, atentados. A imagem da mãe-mulher oferece colo, alento, esperança. A negritude da imagem é um referencial para o povo pobre, historicamente marginalizado, excluído, escravizado em níveis diversos.

— Nossa Senhora Aparecida é a verdadeira representante do povo — comenta Norma na van, com sua voz professoral, envolvente, meio Castro Alves, meio Vieira e, às vezes, também Gregório de Matos. — Não importa a religião, todo mundo tem nela uma advogada, uma protetora. Aliás, mãe verdadeira nenhuma se importa com a religião de um filho, de uma filha, mas com o seu caráter, com a forma como trata os outros. Isso é o que importa.

Soberana nas artes da restauração na Bahia, Norma nunca perdeu a humildade. Por gostar de sandálias franciscanas, aliás, fica muito fácil descalçar-se em templos católicos, terreiros de Candomblé, sótãos de museus. Agora, aos 75 anos e com uma vitalidade de adolescente, ia pela primeira vez a Aparecida prestar seu preito não apenas a Nossa Senhora, mas também a sua querida Heleninha.

— Vou comprar várias fitinhas de Nossa Senhora Aparecida e levar para o meu pessoal na Bahia — dizia Norma às companheiras peregrinas da van. — Mas não essas de náilon que dão coceira, como algumas do Senhor do Bonfim que circulam em Salvador, por aí. O simples não precisa ser mal feito, não é assim? Está aí a imagem de Aparecida há três séculos.

Renata

"Renata, profissão: palhaça." Assim ela se definia, com muito orgulho. Experiente, aos 35 anos, dividia o tempo entre aulas na Escola de Circo e animação de festas infantis. Trabalhava no Circo do Veneno fazia dois anos quando engravidou de Letícia, há 15 anos. A menina nasceu com paralisia nos braços e nas pernas, e Renata amou-a desde o primeiro momento. O namorado, trapezista, não. Despediu-se com um sorriso e disse que não estava preparado.

— Ninguém está, João, ninguém está — respondeu Renata com a filha no colo.

Continuou no Veneno até começar a lecionar e a trabalhar em festas infantis. Com a ajuda dos pais e de amigos, buscou os melhores tratamentos para Letícia. A menina crescia, era saudável, mas não se mexia, vivia deitada, com cuidados especiais. Um dia, aos 5 anos, Letícia se mexeu.

No quarto que dividia com a mãe, dormindo em um bercinho, havia um quadro de Nossa Senhora Aparecida. Renata penteava os cabelos enquanto ouvia a filha dizer "mamãe preta, mamãe pretinha", como se referia à santa. A mãe respondia "É, sim, filha, é sua outra mamãe" e continuava a se pentear. De repente, pelo espelho, olhou para Letícia: a menina, sentada, esticava os bracinhos para a imagem. Letícia olhou diretamente para a filha e não conteve as lágrimas e um grito. Os pais acudiram, assustados. Emocionados, todos assistiam aos movimentos seguros de Letícia, como se, desde bebezinha, estivesse acostumada a se movimentar.

A novidade logo se espalhou. A verdade era incontestável. Baterias de exames confirmavam o que todos viam: Letícia não tinha paralisia alguma, corria, brincava, era extremamente serelepe, mais do que outras crianças, o que exigia atenção redobrada de todos.

Com o coração agradecido, Renata prometeu a Nossa Senhora Aparecida visitar o santuário quando Letícia completasse 15 anos. Nada a impedia de ir antes, porém desejava ressignificar ainda mais uma data tão especial para as meninas. Aliás, Renata havia ido diversas vezes ao santuário, inclusive com Letícia, e agradeceram muito, choraram juntas, mas os 15 anos não perdiam por esperar.

Renata viajava com uma malha preta, sobre a qual vestia uma saia jeans e um casaquinho verde com fuxicos de flores coloridas. Sentia-se segura e alegre em meio às outras passageiras. A imagem da carrancuda Teresa não a incomodava. Estava feliz. Letícia não pudera acompanhá-la, estava em Buenos Aires, em uma apresentação de ginástica olímpica. Ao longo do dia, porém, trocariam mensagens pelo WhatsApp. Renata havia se preparado por dez anos para externar sua gratidão a Nossa Senhora Aparecida, não com ex-votos, fotos, imagens de cera, distâncias percorridas com os joelhos no chão, mas com o que sabia fazer de melhor. Não desejava aparecer, virar notícia ou mesmo ser barrada. Para as duas primeiras até havia se preparado, mas não esperava ser impedida de agradecer à sua maneira. Havia pensado em escrever ao reitor do santuário pedindo autorização, mas temia que fosse negada. "A vida é um risco", meditava, "e eu nunca perdi por arriscar".

Seu plano não poderia ser executado durante a missa ou com grande movimento. Maquiada, cabelos presos, faria uma prece silenciosa ao fundo da Basílica, após estudar o terreno, e aguardaria o momento exato. Mesmo antes da prece, pediria que alguma senhora segurasse sua mochila, talvez até mesmo alguma das passageiras da van com quem fizesse amizade de Piracicaba até Aparecida. Só não contaria a ninguém o seu plano. Não queria ouvir que era louca ou que não daria certo.

Renata demonstraria amor e gratidão pela cura de Letícia indo, do fundo da Basílica ao altar, vestida apenas com a malha, maquiada como palhaça e dando estrelas. Para isso se preparara quase que diariamente por dez anos. Sabia que Nossa Senhora Aparecida sorriria com a acrobacia em sua casa. Depois, claro, pegaria fila para ver a imagem e compraria lembranças para Letícia, os pais e tantos amigos e apoiadores. Apenas Letícia conhecia seu plano. Se alguém filmasse com o celular e postasse na internet, principalmente nas redes sociais; se algum canal de TV de plantão gravasse sua devoção; se fosse filmada e presa... Não desejava nada disso, em especial a última alternativa, mas certamente Letícia a veria de Buenos Aires.

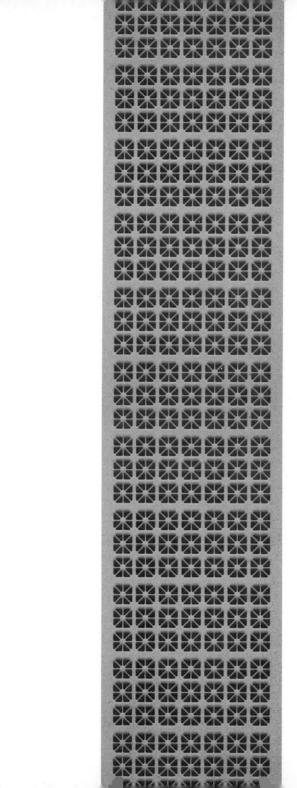

Dai-nos a bênção

Dai-nos a bênção, ó mãe querida
Nossa Senhora Aparecida
Dai-nos a bênção, ó mãe querida
Nossa Senhora Aparecida

Sobre esse manto o azul do céu
Guardai-nos sempre no amor de Deus

Dai-nos a bênção, ó mãe querida
Nossa Senhora Aparecida
Dai-nos a bênção, ó mãe querida
Nossa Senhora Aparecida

Eu me consagro ao vosso amor
Ó mãe querida do Salvador

Dai-nos a bênção, ó mãe querida
Nossa Senhora Aparecida
Dai-nos a bênção, ó mãe querida
Nossa Senhora Aparecida

Sois nossa vida, sois nossa luz
Ó mãe querida do meu Jesus

Dai-nos a bênção, ó mãe querida
Nossa Senhora Aparecida
Dai-nos a bênção, ó mãe querida
Nossa Senhora Aparecida

© Friduxa [CC BY-SA 4.0]/Wikimedia Commons

Anastácia

Dizem que se vai a Aparecida pelo amor ou pela dor. Anastácia embarcara na van por amor a Tobias, que não podia viajar pela dor. Anastácia era enfermeira e cuidava de Tobias fazia cinco anos. Em uma cadeira de rodas por causa de um acidente de moto, Tobias sentia muita dor nos membros superiores. Brincalhão, dizia: "É para compensar o fato de eu não sentir as pernas..." A enfermeira ia a Aparecida orar por ele.

Anastácia sempre desejara ser enfermeira. Trabalhara 12 anos em hospitais e, nos últimos cinco, em residências. Logo após o acidente de Tobias, passou a se dedicar exclusivamente a ele. A experiência da dor a tornara ainda mais sensível, mais humana. Não importava a idade: via em cada paciente filho ou filha a pedir cuidado, amor. Com 40 anos e sem relacionamento amoroso, sentia-se mãe. Mãe de Tobias.

Quando criança, Anastácia cuidava dos irmãos e de seus joelhos e cotovelos ralados. Também dos animaizinhos da casa. Todos diziam que tinha mãos mágicas. Sempre fora devota de Nossa Senhora Aparecida e até pensou em ser freira, mas gostava mesmo era de benzer com água, ervas e a imagem da santa. Além disso, não conseguiria viver o celibato. Embora estivesse sozinha já fazia alguns anos, tivera relacionamentos amorosos, alguns deles duradouros. O último havia sido com Toninho Groppo, um italiano que tocava triângulo em um grupo de forró que se apresentava nas quermesses da Paróquia São Dimas. Eram bons amigos, e Toninho sempre enviava amigos para Anastácia benzer, o que fazia com amor, dedicação, boa-fé e, claro, sem custo algum para ninguém. Quem quisesse lhe dar algo, que não fosse para ela, mas sim ervas para seu jardim ou velas para acender aos pés da imagem de Nossa Senhora Aparecida grandona que colocou em uma gruta que o próprio Toninho Groppo fizera em seu quintal. Em um quartinho ao lado, Anastácia benzia, acompanhada de duas cadeiras e uma mesa com flores, a imagem de Nossa Senhora Aparecida, outra do anjo da guarda e um busto do dr. Bezerra de Menezes.

Gostava de ler Allan Kardec, André Luiz e outros autores. Acreditava que milagres não acontecem do nada, mas têm explicações lógicas e materiais inseridas no mundo espiritual. Deus não feria o livre-arbítrio ou as próprias leis que criara, nem distribuía favores, sendo justo e amoroso com todos os filhos. Acreditava que nada acontece por acaso. Não tinha medo da vida, mas nojo de baratas. Por isso, mantinha impecável não apenas a casa, mas também o quartinho onde benzia.

Em Aparecida, compraria imagens de Nossa Senhora Aparecida para Tobias e os amigos. Também terços e velas. Rezaria por uma infinidade de pessoas que lhe pediam orações e benzimentos. A Toninho Groppo e a outras poucas pessoas havia contado sobre o dom de ler auras. Não queria que a chamassem de maluca nem que deixassem de se sentir à vontade em sua presença. Dons existem para serem desenvolvidos e compartilhados. Sempre pedia a Deus, a Nossa Senhora, ao anjo da guarda e ao dr. Bezerra de Menezes para nunca se envaidecer ou se sobrepujar aos outros por benzer ou enxergar auras. Todos a amavam, tinham carinho por ela, mas se sabia com muitos defeitos, os quais aceitava e procurava transmutar todos os dias. Que dos defeitos falassem os que privavam de sua companhia constante, como Toninho Groppo ou mesmo Tobias.

Anastácia já estivera diversas vezes no santuário de Aparecida e não se deixava intimidar pela grandiosidade da construção, pela estrutura de acolhimento, pelo estacionamento, pelo comércio etc. "Nossa Senhora Aparecida também não se impressiona", explicava. "Tanto a mãezinha quanto quem anda por aqui com o coração realmente aberto se sente em casa, como no meu quartinho de benzimento, ao lado da gruta que o Toninho fez para a mãezinha. Não é o tijolo que sustenta um templo, mas o coração."

Vera

— Bom dia, meninas!

Vera causou sensação quando chegou. Desceu da moto pilotada pelo marido. "Paulo Patrono. Vai voltar e dormir mais um pouco. Só entra no trabalho mais tarde, é repositor em um mercado que abre às 9h."

Negra, com quase dois metros, de salto alto, calça jeans, blusa branca com uma estampa de Nossa Senhora Aparecida cheia de purpurina, a cabeça toda raspada e fortemente maquiada, Vera era grande devota de Nossa Senhora Aparecida. "A fé não depende de igreja, meu amor." Vera entrou em depressão quando monsenhor Rossi, que celebrava missa no Convento do Carmo, pediu que ela não fosse mais à missa, pois, segundo ele, destoava do ambiente. "Quase tive um ataque cardíaco, meu amor. 'Cardíaco' vem do grego 'cardiós', que significa 'coração' e é onde a gente mais sente, sabe?"

Nascida Carlos, Vera sempre se sentiu mulher em corpo de homem, vestindo-se como mulher, mas não abdicando do corpo masculino.

— Não faço cirurgia, não, meu amor, preciso do meu sexo para meu prazer, não tenho intenção de mudar. Cada caso é um caso. Quem quiser que me aceite como eu sou. Sou de Oxum Opará. Além de espelho, carrego espada... Sei que muitas das meninas entenderam, em especial a lindinha que está com uma guia da mãe no pescoço, como dá para eu ver daqui. Vou pedir a benção a essa lindeza. Você me dá licença, meu amor? — pediu Vera, tocando o ombro de irmã Teresa, que recuou, horrorizada.

Vera, que frequentava a assistência de um terreiro de Candomblé, tomou a bênção a Celeste, não importava se era ou não dirigente espiritual. Eram negras, eram do axé, eram mulheres, eram de Oxum.

— Monsenhor Rossi? Quase meto a bolsa na cara dele dentro da igreja do Carmelo, mas respeitei a imagem de Nossa Senhora Aparecida, que parecia olhar para mim e dizer: "Verinha, nega, você não precisa disso, minha filha!"

Recuperada da depressão ("*Emagreci 12 quilos...*"), ia a Aparecida para agradecer a proteção, o colo de mãe de Nossa Senhora Aparecida.

— Não tenho mágoa de ninguém, nem do monsenhor. Aliás, como posso ter mágoa de alguém que se veste tão mal, com uma batina que parece saia sem corte, totalmente *démodé*? Todo dia rezo por ele um terço bizantino com as seguintes palavras: "Nossa Senhora Aparecida, cure este homem do preconceito!" Hoje, na Basílica, vou fazer o mesmo. Ela cura, mas ele tem de querer o milagre...

Conceição

Conceição, 28 anos, nem se lembrava ou não queria se lembrar mais de quando se tornara garota de programa. Sharon, Sabrina, Tifanny, Melanie, Bruna, Luara, enfim, muitos foram os nomes de guerra usados na noite — em cidades, boates, motéis e eventos diversos. Cada vez mais, Conceição operava no automático, não se questionava mais a respeito de qualidade de vida, liberdade, amor, futuro, que dirá presente. Rica certamente não ficaria. O dinheiro sempre ficava com os cafetões. E sempre havia cafetões. Um lhe marcou sobremaneira a pele, a alma: Jaderson.

Na verdade, Jaderson sempre fora seu cafetão, alugando-a para cafetões de outras cidades. Empresário de sucesso, com uma linda residência no Jardim Elite, também estava envolvido com tráfico internacional de mulheres, drogas e contrabando de eletrônicos. Conceição, com seus vários nomes e penteados, era sua joia de ouro. Ele a mantinha praticamente em cárcere privado, em uma das casas alugadas para programas, ameaçando matar sua família de origem, isto é, seus pais já idosos. Conceição tremia.

Uma noite, Jaderson, cheirando a uísque barato, invadiu o quartinho em que mantinha Conceição. Sentou-se à beira da cama e disse que havia perdido muito no jogo, que levava uma vida dura e de forma dura tinha de tratar as meninas, que ela precisava colaborar. Disse também que era muito bom para elas e precisava relaxar. De um golpe, levantou-se, imobilizou Conceição e a violentou. Quando se saciou, levantou-se, arrumou a roupa e saiu sem dizer nada. Conceição continuou deitada, atônita.

Algumas semanas depois, descobriu-se grávida e tentou esconder o máximo que pôde, não apenas dos clientes, mas do próprio Jaderson. Quando contou a ele, o cafetão lhe deu uma bofetada e disse:

— Vai tirar férias forçadas, vadia, mas depois vai trabalhar em dobro. Mandrake vai sempre acompanhar você aos exames. Não quero indícios, não quero problemas com Conselho Tutelar, Justiça, nada disso. Se perguntarem, Mandrake é o pai, certo, vadia? Certo, Mandrake?

Jaderson obviamente sabia quem era o pai.

Embora passasse o tempo todo no quarto deitada, Conceição não descansava. A gestação estava estressante. As meninas — moças e travestis — compravam-lhe roupinhas e fraldas. Um ultrassom revelou que era uma menina. Quando soube, Jaderson sorriu entredentes e soltou:

— Mais uma puta no mundo...

Ao final de oito meses, Conceição deu à luz. A menina foi registrada como Maria da Conceição. O pai não foi declarado. Todos se mostraram carinhosos com mãe e filha, inclusive Mandrake. Jaderson não queria ver ou ouvir a criança, mas deu-lhe um quarto, onde devia permanecer durante os programas da mãe. Deu também um prazo de dois meses de resguardo para Conceição.

— É mais do que suficiente. Meu pai voltou a comer minha mãe um dia depois de eu ter nascido. Eu não quero é problemas com clientes...

Quando a bebê estava com quatro meses, ao contrário das noites em que dormia a sono solto após a última mamadeira morna, às vezes levada pelo próprio Mandrake, houve choro, houve barulho. Maria da Conceição tinha cólicas. Uma das meninas, Shayenne, que não gostava de Conceição e queria se tornar a joia da coroa de Jaderson, contou a ele no dia seguinte, pelo celular, que houve um pandemônio, os clientes reclamaram do choro etc. Jaderson, então, procurou Conceição e disse que estava livre por dois dias para encaminhar a criança a parentes ou ele mesmo a levaria embora. Conceição chorou muito, mas concordou.

Entretanto, como levar a criança aos pais, que, além de idosos, não a viam fazia muito tempo e eram alvos constantes das ameaças de Jaderson? Todas as amigas eram da vida, da noite. A esposa de um cliente? Nem pensar, embora algumas participassem do programa e desabafassem que queriam ter filhos, adotar crianças etc. Conceição, então, decidiu dar a filha a uma desconhecida e passou o primeiro dos dois dias livres curtindo a criança.

Na noite do segundo dia, preparou a criança, mas nenhuma sacola com pertences, pois tinha medo de que a polícia chegasse até ela — Jaderson jamais a perdoaria. Escondeu-se atrás da Casa do Povoador, perambulou pelas laterais, chorou, abraçou a filha e postou-se sob a árvore em frente à casa. A noite estava calma, escura, apenas o barulho do rio cortava o silêncio, uma ou outra moto passava na Beira Rio, ninguém adivinhava mãe e filha.

Por volta de oh3o, uma mulher sozinha subia a avenida. Não havia mais ninguém na rua. Conceição correu até ela, sem mesmo tempo de ver o seu rosto, entregou-lhe Maria da Conceição, como um embrulho, e disse: "Cria pra mim!" Correu na direção de onde a moça tinha vindo, não olhou para trás (ou certamente pegaria a filha de volta), subiu a Moraes Barros, na altura do Largo dos Pescadores e se esgueirou pelas ruas que a levavam a uma das casas alugadas por Jaderson para as meninas, a casa onde, a partir de agora, um quartinho ficaria vazio, apenas com o berço doado pelas meninas. Fazia oito anos, mas Conceição se lembrava como se fosse ontem. E acreditava que a filha estaria bem, pensava que a mulher não resistiria a devotar amor à criança envolta em um cobertorzinho rosa, cheirando levemente a alfazema.

Na van, rumo a Aparecida, pensava que precisava encontrar a filha. Não tinha mais medo: estava trabalhando no comércio e contatara os pais, residentes em outro município. Somente eles saberiam o porquê de ela ter se tornado garota de programa. Aliás, somente eles conheceriam toda a história dela. Eles e, claro, Nossa Senhora Aparecida, a quem Conceição pediria para encontrar a filha.

Conceição vivia o presente com esperança. Fazia quatro meses, Jaderson fora ferido de morte por Shayenne, seu esquema todo não tinha gerente ou herdeiro (Jaderson era controlador); Mandrake morrera em um tiroteio com traficantes de eletrônicos; as meninas debandaram—algumas para outros cafetões —; e Conceição aproveitou para desaparecer em uma quitinete. Com algum dinheiro — pouquíssimo, é verdade —, passou um mês isolada, a pão, miojo e refrigerante, e então conseguiu emprego em uma loja de calçados.

Se tinha medo de ser reconhecida por clientes? Não. Tinha medo de reconhecer a própria filha e agarrá-la, aos prantos, e de sua reação (*odiaria a mãe?*). Contava com o auxílio de Nossa Senhora. Ela também era mãe, como mãe também era a mulher que havia criado sua filha. Conceição jamais negaria isso.

© HVL [CC BY-SA 3.0]/Wikimedia Commons

Damáris

Mal entrou na van, Damáris começou a cochilar. Estava exausta, havia dado aulas até as 22h. Socióloga e professora universitária, pagou o curso como empregada doméstica registrada em carteira na residência de um casal de advogados do Jardim Elite e com bicos em uma lanchonete aos finais de semana. Militante do movimento negro, muito a incomodava a campanha para embranquecer a imagem de Nossa Senhora Aparecida.

Ninguém negava que, originalmente, a imagem não representava uma mulher negra. Pudera: uma imagem de Nossa Senhora da Conceição, de tradição lusitana na então colônia. Da mesma forma, ninguém ignorava a ação do lodo e do tempo, no fundo do rio, nem as velas queimadas diante da imagem e o fato de uma de suas primeiras capelas ter sido ao lado de uma carvoaria. Contudo, a força da negritude de Nossa Senhora Aparecida — como, aliás, do povo negro — não vinha especificamente da cor — ou não haveria negros de pele clara. A imagem histórica, simbólica e espiritualmente, era de uma mulher negra, de uma Maria negra, de uma Virgem da Conceição negra.

Não sendo propriamente católica, Damáris via na Aparecida uma imagem de resistência, em todos os sentidos — aliás, como sua história bem o demonstra. Havia planejado a ida a Aparecida como um momento de devoção, descanso e também reflexão. O movimento negro de Piracicaba precisava se unir a favor da negritude da imagem, da santinha popular. Damáris pediria forças à Aparecida e meditaria em estratégias para unir as lideranças do movimento, as pastorais afro, os terreiros de Umbanda e de Candomblé, o pessoal do Centro de Documentação, Política e Cultura Negra, os membros do Conselho Municipal da Igualdade Racial.

Pensando nisso, Damáris cochilou. E sonhou. Sonhou com Dandara, uma jovem escrava que se tornou mucama e, além da casa-grande, limpava a ampla capela em honra a Nossa Senhora da Conceição que os donos da fazenda fizeram erguer na propriedade, tão ampla que poderia ser uma igreja matriz. A fazenda de café ficava no Vale do Paraíba, para os lados do Porto de Itaguaçu. A imagem de Nossa Senhora da Conceição tinha vindo de Portugal.

Dandara, uma meticulosa e observadora filha de Oxum, achava linda a imagem de Nossa Senhora da Conceição e ficava embevecida com ela quando limpava a capela. Um dia, Leocádia, esposa do mestre pedreiro da fazenda, se deparou com Dandara diante do altar e perguntou:

— Sonhando? Não deixe a sinhá saber que está parada na frente da imagem... Se ela é cruel com os brancos que trabalham aqui, imagine com os pretos...

— É linda! Não me canso de olhar desde que chegou. Sei cada detalhe, até das costas, que muita gente não viu. Também já tirei pó dela muitas vezes, quando a sinhá dá ordem para os negros tirarem lá de cima. Eu seria capaz de fazer uma de barro, mas pequena, menorzinha.

— É mesmo, menina? Pois, se fizer, meu marido coloca no forno dos tijolos e você fica com ela. Mas faz mesmo? Com detalhes?

— Faço!

E fez. Em um sábado de manhã, antes da lida, quando foi buscar água no ribeirão, fez a imagem, com detalhes, pôs ao sol para secar e depois, com cuidado, entregou para uma atônita Leocádia, que a repassou ao marido. À hora do almoço, quando lavava louça, recebeu sua imagem. Guardou em seu canto na senzala; nenhum irmão, nenhuma irmã mexeria. Era a sua mãezinha Oxum. Não a fez oca para colocar fundamentos, ervas ou pedras. Isso tudo já estava bem fundamentado em um oco de terra para os lados do ribeirão, onde ninguém suspeitaria. Queria ter a imagem por perto para abraçá-la, como a uma mãe (a mãe de Dandara morrera no parto). Colhia flores para a imagem; sendo filha de Oxum, sabia-se rainha, não se sentia escrava.

Dois anos se passaram, e o senhor adoeceu. Dandara, mucama de confiança, agora com 16 anos, levava alimentos e remédios ao quarto do dono da fazenda. Muitas mucamas lhe tinham inveja e faziam insinuações. Uma, mais ousada, procurou a sinhá e disse que Dandara oferecia os seios em flor para o senhor cheirar, que o estava enfeitiçando, que tinha até uma imagem de barro do demônio na senzala. Isso foi após o jantar, antes de a sinhá rezar o terço na capela. Sebastiana Velha, que havia sido ama de leite da sinhá, ouviu discretamente a conversa e pediu licença à sinhá, alegando cólicas, correu à cozinha da casa-grande, pegou Dandara pelo braço e disse, enérgica, olho no olho:

— Foge, menina, e não olhe pra trás! Ogum guie seus caminhos! A sinhá vai matar a menina depois do terço!

Dandara correu até a senzala, pegou a imagem de Nossa Senhora da Conceição, embrulhou em uma trouxa, atravessou o ribeirão e fugiu. Correu a noite toda, na tentativa de despistar os perseguidores. Entre o final do terço e a captura na senzala, que não tinha portas fechadas, pois ninguém ousaria fugir com o aparato de segurança da fazenda, ao menos segundo os senhores, teria pouco tempo de vantagem. Iam procurá-la primeiro na propriedade, nas casas dos funcionários brancos. Sentiria falta de Leocádia, uma filha de Iemanjá, sem dúvida.

Ao amanhecer, exausta e com a roupa rota, ouviu latidos, gritos, patas de cavalos. À beira do Paraíba do Sul, atrás de algumas árvores, Dandara sabia que não tinha mais para onde correr. Os cachorros a cercaram, mas não avançaram, apenas deram o recado. O capitão do mato deu-lhe um tapa tão forte no rosto que Dandara caiu no chão, quebrando a imagem em duas: a cabeça de um lado, o corpo do outro. Enquanto um capataz lhe apertava as costas no chão, mais doloroso que o tapa, que a queda, que o peso das botas, foi ver o capitão do mato jogar cabeça e corpo da imagem no rio, onde, por mistério, permaneceriam próximas por vários anos — afinal, Tempo também é orixá —, apesar da correnteza, das intempéries, cheias e secas e animais, até serem encontradas, também em duas partes, em uma pescaria que parecia sem resultado.

Dandara não a esculpira em vão. Dandara não a cultuara em vão. Dandara não morreu em vão, longe dali, após torturas infindáveis, sob o olhar e a supervisão da sinhá. A imagem, assim como a fé, não morre, mas renasce, ressignifica e se transforma.

Este livro foi composto com a tipografia
Calluna 11/16,5 pt e impresso sobre
papel pólen soft 80 g/m^2